AF305487

ANTIQUITÉS

Grecques, Byzantines, Arabes et Persanes

VERRES ÉMAILLÉS ET IRISÉS

TANAGRA

VASES PEINTS

BRONZES — MARBRES & OS

Faïences arabes

BELLES ETOFFES ET BEAUX TAPIS D'ORIENT

VENTE

HOTEL DROUOT · SALLE N° 1

Le Vendredi 30 Mai 1913

A 2 HEURES

Me E. BOUDIN	**M. J. ENKIRI**
COMMISSAIRE-PRISEUR	EXPERT
14, Rue Grange-Batelière	46, Rue de Grenelle

EXPOSITION PARTICULIÈRE

Chez M. ENKIRI, du 26 au 28 Mai, de 2 heures à 6 heures

EXPOSITION PUBLIQUE

le Jeudi 29 Mai, Hôtel Drouot, Salle n° 1, de 2 h. à 6 h.

IMPRIMERIE ARTISTIQUE
C. CHAUFOUR

CONDITIONS DE LA VENTE

La vente sera faite au comptant.

Les adjudicataires paieront *dix pour cent* en sus des enchères.

L'exposition mettant le public à même de se rendre compte de l'état et de la nature des objets, il ne sera admis aucune réclamation une fois l'adjudication prononcée.

DÉSIGNATION

TERRES CUITES ANTIQUES

1 — Jeune tanagréenne debout voilée et ajustant son voile.

Haut : 0m25.

2 — Vénus au dauphin : La déesse nue est debout, sa main gauche s'appuie sur un cippe et sa main droite soutient une draperie au bas de laquelle se trouve un dauphin.

Haut. : 0m16.

3 — Apollon avec les ailes déployées soutenant une lyre posée sur un cippe.

Haut. : 0m.2.

4 — Jeune femme debout drapée et ajustant son voile.

Haut. : 0m17.

5 — Aphrodite nue et debout sur un socle. Ses deux avant-bras tendus en avant soutiennent une draperie formant un fond.

Haut. : 0m16.

6 — Déesse assise de style archaïque, la main gauche est posée sur la poitrine et la main droite sur les genoux.

Haut. : 0m13.

7 — Jolie tanagréenne drapée ajustant son voile et tenant un éventail de la main gauche.

Haut. : 0ᵐ22.

8 — Jolie tanagréenne debout et ajustant son voile.

Haut. : 0ᵐ23.

9 — Jeune femme debout et drapée.

Haut. : 0ᵐ25.

10 — Jeune grecque debout et drapée, son avant-bras tendu est appuyé sur une statuette de Silène formant cippe.

Haut. : 0ᵐ21.

11 — Grande statuette de jeune femme debout et drapée, ses bras sont nus et les mains disposées dans l'attitude de la danse.

Haut. : 0ᵐ40.

12 — Sphinx couché et les ailes mi-déployées de style archaïque.

Haut. : 0ᵐ17; Larg. : 0ᵐ18.

13 — Jolie statuette de femme debout et le torse nu. La jambe droite est croisée en avant et la main droite s'appuie sur un cippe.

Haut. : 0ᵐ20.

14 — Statuette de femme debout ajustant son voile et tenant un éventail de la main gauche.

Haut. : 0ᵐ29.

15 — Statuette de femme debout ayant les mains enroulées dans le voile et posées sur sa poitrine.

Haut. : 0ᵐ30.

16 — Déesse de style archaïque assise sur un tronc.

Haut. : 0ᵐ19.

17 — Buste de femme.

Haut. : 0ᵐ15.

N° 3   N° 2   N° 1

VASES PEINTS

18 — Œnochoé à pied, anse haute et recourbée, bec trilobé, dessins rouge clair sur fond noir à palmettes et
rinceaux encadrant un médaillon de femme ornée de
bijoux.

Haut. : 0ᵐ30.

19 — Amphore à pied et deux anses, dessins rouges sur
fond noir : sujets représentant : 1° un Ephèbe nu
présentant à une femme un plateau chargé de fleurs ;
2° Deux personnages drapés devant une stèle funéraire ; fleurettes, rinceaux, palmettes.

Haut. : 0ᵐ35.

20 — Idri à deux anses, dessins rouges sur fond noir :
sujets représentant : 1° une femme drapée se regardant dans un miroir, la main gauche tient une couronne de fleurs ; 2° Apollon nu et tenant une couronne
de fleurs ; palmettes.

Haut. : 0ᵐ22.

21 — Cratère, dessin rouge sur fond noir : sujets représentant : 1° un Amour adulte nu et assis présentant
des bijoux à une femme drapée ; 2° Deux personnages
drapés tenant chacun un bâton et regardant une stèle ;
palmettes.

Haut. : 0ᵐ29.

22 — Amphore ornée de dessins rouges sur fond noir ;
rinceaux, fleurettes et personnages.

Haut. : 0ᵐ27.

23 — Ryton noir à dessin rouge clair : Homme nu et
barbu, il est agenouillé et tient à hauteur de la tête
une coupe dans sa main gauche.

Haut. : 0ᵐ21.

24 — Œnochoé noire, panse cannelée, bec trilobé, elle est ornée sur la base du goulot d'un collier doré.

Haut. : 0ᵐ29.

25 — Lécythe fond rouge clair, dessin noir : quatre satyres.

Haut. : 0ᵐ25.

26 — Vase sifflet, fond clair à dessin noir : Poule les ailes grandement déployées.

Haut. : 0ᵐ20.

27 — Lécythe à sujets noirs sur fond rouge : quatre person-nages.

Haut. : 0ᵐ22.

28 — Lécythe sujet clair sur fond noir : femme debout portant un coffret.

Haut. : 0ᵐ19.

29 — Petit lécythe fond noir à dessin rouge : une oie.

Haut. : 0ᵐ08.

30 — Coupe à pied et deux anses, dessin noir sur fond rouge clair : panthères attaquant des chèvres.

31 — Lecythe noir, panse cannelée.

Haut. : 0ᵐ22.

32 — Lécythe fond noir, dessin rouge clair : deux femmes drapées se montrant des écharpes.

Haut. : 0ᵐ30.

33 — Deux vases à pied et à deux anses, dessins noirs et blancs sur fond rouge clair.

34 — Pyxis avec couvercle fond noir à dessin clair : feuil-lage, chimère, chien et médaillon de femme.

35 — Lécythe, panse courte et ronde, dessin clair sur fond noir, génie ailé.

Haut. : 0ᵐ13.

36 — Lécythe noir à dessin clair : deux femmes drapées.

Haut. : 0ᵐ20.

OBJETS

EN BRONZE, PLOMB ET ARGENT

37 — Miroir orné tout autour de quatre animaux, deux chacals et deux coqs. Une statuette de jeune éphèbe drapé et tenant un oiseau dans sa main droite forme le manche.

Jolie pièce.

Long. : 0m24.

38 — Un bras d'enfant.

Long. : 0m25.

39 — Deux manches de pelle à sacrifice se terminant par une tête de mouton.

Haut. : 0m16.

40 — Une passoire.

41 — Vase byzantin, panse côtelée, col à ouverture évasée.

Haut. : 0m17.

42 — Plaque ronde en plomb représentant sur un côté : un char conduit par une Victoire, et sur l'autre : un médaillon de femme encadré de dauphins.

Diam. : 0m12.

43 — Miroir carré à manche orné de pointes saillantes.

Haut. : 0m19.

44 — Horus assis.

Haut. : 0m12.

45 — Petit chat assis.

Haut. : 0m07.

46 — Oiseau les ailes déployées et formant une petite lampe basse.

47 — Une tête de chat.

Haut. : 0ᵐ09.

48 — Miroir orné de quatre personnages gravés.

49 — Sanglier.

5o — Tête de Silène en argent repoussé.

MARBRES

5ı — Jolie statuette de Vénus drapée debout, appuyée à un tronc d'arbre au haut duquel il y avait un Amour, dont il ne reste que les pieds et les jambes.

Haut. : 0ᵐ57.

52 — Statuette d'Hercule vieux. Le dieu est nu et a la tête couronnée, les mains, les jambes et les pieds manquent. Pièce intéressante et bien modelée.

Haut.: 0ᵐ43.

53 — Torse de Cérès drapé. Beau travail grec.

Haut.: 0ᵐ35.

54 — Statuette de jeune femme drapée et posant la main gauche sur la hanche.

Haut.: 0ᵐ32.

55 — Petite tête de Neptune barbu. Modelé énergique et sobre.

Haut.: 0ᵐ14.

56 — Fragment représentant de profil Alexandre-le-Grand.

Haut : 0ᵐ3o.

57 — Fragment : Bacchus la tête couronnée de pampre, demi-ronde bosse.

Haut.: 0ᵐ3ı.

58 — Petite tête d'homme barbu.

Haut.: 0^m09.

59 — Buste d'Agrippine.

Haut.: 0^m32.

60 — Urne funéraire carrée ornée d'inscriptions et d'or-
nements : vases, pigeons et feuillages.

Haut.: 0^m24; Larg. : 0^m21.

61 — Bas-relief, partie d'un sarcophage : Enfant accroupi
et faisant traire une vache.

Haut.: 0^m40; Larg. : 0^m5o.

VERRES GRECS

62 — Œnochoé à pied, anse et bec trilobé en pâte bleu
sombre incrustée de cercles et de dessins verts et
jaunes.

Haut. : 0^m11.

63 — Œnochoé semblable au précédent.

64 — Beau balsamaire en pâte bleue, tout incrusté de
plumes en blanc et jaune.

Haut.: 0^m13.

65 — Beau balsamaire semblable au précédent.

Haut.: 0^m18.

66 — Beau balsamaire en pâte bleue, incrusté de plumes
jaunes.

Haut. : 0^m12.

VERRES ARABES

67 — Très beau gobelet forme corolle. Splendidement irisé. Traces d'émail.

Haut. : 0^m13.

68 — Calice à pied moulé, orné sur la panse de sept losanges juxtaposés, collier en fil agglutiné. Très belle irisation argentée.

Haut. : 0^m13.

69 — Très elégant flacon piriforme à col bas. Magnifique irisation rouge feu.

Haut. : 0^m09.

70 — Très belle coupe à pied en pâte bleue. Charmante irisation.

Haut. : 0^m04 ; Diam. : 0^m09.

71 — Jolie petite veilleuse de mosquée en pâte bleue, d'une charmante irisation.

Haut. : c^m05 ; Diam. : 0^m09.

72 — Toute petite veilleuse de mosquée en pâte bleue. Magnifiquement irisée.

Haut. : 0^m04 ; Diam. : 0^m07.

73 — Flacon moulé pomiforme, revêtu d'un réseau de losanges, goulot en entonnoir à larges bords. Magnifique irisation perlée.

Haut. : 0^m08.

74 — Beau flacon pomiforme, panse rayée, goulot bas et large. Magnifique irisation rouge feu.

Haut. : 0^m09.

75 — Gobelet ovoïde et moulé, la panse est ornée de dessins gravés. Magnifique irisation multicolore.

Haut. : 0^m07.

Nº 51   Nº 52

N° 68   N° 67

76 — Belle coupe plate et côtelée. Très belle irisation multicolore.

Diam. : 0^m12.

77 — Flacon moulé, goulot très bas et étroit, panse piriforme ornée en relief de dessins formant feuillage. Très belle irisation granitée.

Haut. : 0^m10.

78 à 82 — Cinq bracelets en pâte rouge et bleue. Magnifiquement irisés.

83 — Belle coupe en pâte rouge et épaisse, ornée à l'extérieur de côtes saillantes. Très belle irisation granitée et multicolore.

Haut. : 0^m06 ; Diam.. : 0^m11.

84 — Beau flacon à goulot large et haut, panse pomiforme ornée de pointes saillantes. Magnifiquement irisé.

Haut. : 0^m08.

85 — Gros flacon panse pomiforme, goulot très bas et très large à rebords très épais. Magnifique irisation multicolore.

Haut. : 0^m12.

86 — Jolie petite bouteille piriforme et bleue. Très bien irisée.

Haut. : 0^m08.

87 — Petit flacon à large goulot et panse pomiforme, ornée de pointes saillantes. Très bien irisé.

Haut. : 0^m05.

88 — Petit flacon bleu, goulot large et panse pomiforme. Très belle irisation granitée.

Haut. : 0^m06.

89 — Lécythe en pâte rouge, pied en cercle, panse piriforme et côtelée, col orné d'un cercle épais, ouverture
à larges bords, l'anse est blanche, mince et large.
Magnifique irisation granitée et multicolore.

Haut. : 0^m15.

90 — Bouteille piriforme ornée sur la panse de pointes
saillantes et imitant le fruit du cactus. Belle irisation
argentée.

Haut. : 0^m08.

91 — Elégante bouteille, panse piriforme et rayée, très
long col fin rentré vers la base. Magnifique irisation
multicolore.

Haut.: 0^m12.

92 — Petite veilleuse de mosquée. Très bien irisée.

Haut. : 0^m05; Diam. : 0^m08.

93 — Toute petite veilleuse de mosquée irisée.

Haut. : 0^m04; Diam.: 0^m06.

94-95 — Deux petits flacons pomiformes en pâte épaisse
et très bien irisés.

96 — Petit lécythe bleu, panse pomiforme, anse fine. Irisé.

Haut. : 0^m07.

97   Flacon pomiforme en pâte épaisse et très irisé.

Haut. : 0^m09.

98 — Bouteille panse pomiforme et rayée, goulot bas
ayant l'ouverture à doubles rebords rentrés. Très
belle irisation dorée.

Haut.: 0^m12.

VERRES ANTIQUES

ET BIZANTINO ARABES

99 — Elégant petit lécythe, pied en cercle, panse amphorisque ornée de zigzags gravés, anse fine, col à ouverture rayée. Charmante irisation perlée.

Haut. : 0ᵐ08.

100 — Flacon moulé, panse ornée de losanges en relief, goulot en forme d'entonnoir. Très bien irisé.

Haut. : 0ᵐ10.

101 — Œnochoé funiforme, pied anse fine, bec trilobé, gros filet en dessous du bec irisé.

Haut. : 0ᵐ19.

102 — Calice à pied et belle irisation multicolore.

Haut. : 0ᵐ08.

103 — Flacon moulé, panse pomiforme et torsadée, goulot en forme d'entonnoir. Très bien irisé.

Haut. : 0ᵐ11.

104 — Flacon moulé, panse ornée de losanges, goulot en forme d'entonnoir. Très bien irisé.

Haut. : 0ᵐ08.

105 — Curieux flacon à trois pieds en pointes, panse ronde et rayée, col gros à ouverture rebondie, deux anses à quatre pouciers chacune. Très irisé.

Haut. : 0ᵐ09.

106 — Coupe à pied moulée, ornée au bas de la panse d'un collier en zigzags comme repoussés. Très irisée.

Haut. : 0ᵐ06; Diam. : 0ᵐ12.

107 — Flacon pomiforme. Très irisé.

Haut. : 0ᵐ09.

108 — Œnochoé fusiforme en pâte jaune clair, bec trilobé, anse fine et bleue, gros cercle bleu au-dessous
du bec. Irisation pictée et blanche.

Haut. : 0ᵐ19.

109 — Flacon à panse octogonale, col long s'évasant vers
le haut et entièrement orné de cercles fins en pâte
bleue. Irisé.

Haut. : 0ᵐ11.

110 — Très beau flacon pomiforme magnifiquement irisé.

Haut. : 0ᵐ09.

111 — Flacon, panse pomiforme ornée de cercles et de
festons en fils bleus agglutinés, goulot bas, large
ouverture à doubles rebords et ornée de trois anses en
pâte bleue. Irisé.

Haut. : 0ᵐ09.

112 — Flacon pomiforme à large ouverture, ornée de gros
festons tombant sur la panse. Irisé.

Haut. : 0ᵐ08.

113 — Très élégante amphore en pâte jaune, panse côtelée,
pied en cercle, deux anses bleues attachées par un
gros cercle également bleu. Très belle irisation dorée
intérieure.

Haut. : 0ᵐ20.

114 — Lécythe, anse large et cannelée, ouverture large et
à double rebord. Irisation blanche pictée.

Haut. : 0ᵐ23.

115 — Bouteille, panse à quatre dépressions. Très bien
irisée.

Haut. : 0ᵐ08.

116 — Belle bouteille, panse ronde, long col à large
ouverture. Magnifiquement irisée.

Haut. : 0ᵐ16.

117 à 121 — Cinq pièces différentes. Très irisées.

122 — Très beaux flacons-jumeaux tout entourés de spi-
rales en fil aggluttiné, deux anses. Splendide irisation
perlée.

Haut. : 0^m10.

123 — Flacons-jumeaux à quatre compartiments ayant
chacun une anse festonnée et toutes reliées par des
cercles en fil aggluttiné. Très belle irisation argentée.

Haut. : 0^m10.

124 — Flacon fusiforme magnifiquement irisé.

Haut. : 0^m19.

125 — Gobelet à pied. Très bien irisé.

Haut. : 0^m10.

126 à 129 — Un calice, deux petits flacons et une petite
coupe. Très bien irisés.

130 — Petite veilleuse de mosquée en pâte bleue. Très
irisée.

Haut. : 0^m05; Diam. : 1^m08.

131 — Flacon bleu. Très bien irisé.

Haut. : 0^m11.

132 — Petit flacon fusiforme bleu magnifiquement irisé.

Haut. : 0^m11.

133 — Œnochoé à long col, bec trilobé et anse plate.
Irisée.

Haut. : 0^m08.

134 — Lacrimatoire bleu et torsadé, pied et deux anses.
Magnifiquement irisé.

Haut. : 0^m11.

135 — Petit verre à boire en pâte rouge-grenat, orné de
cercles et de taches en pâte blanche.

Haut. : 0^m07.

136 — Bouteille rouge. Très irisée.

Haut. : 0^m10.

OS ET DIVERS

137 — Plaque ronde représentant le masque de Méduse. Os. Haut. : 0m07.

138 — Plaque longue et étroite représentant une femme debout et drapée. Os. Haut. : 0m15.

139 — Statuette de femme en terre émaillée bleu égypte. Haut. : 0m15.

140 — Cône en terre cuite assyrienne, orné d'inscription cunéiforme. Haut. : 0m14.

141 — Grande tablette carrée en terre cuite assyrienne ornée d'une inscription cunéiforme.

FAIENCE ARABE

142 — Très bel encrier à deux compartiments à quatre pieds, les quatre faces sont ornées de balustres ajourés et l'encrier entier est gravé d'un dessin floral à rinceaux. Très bel émail bleu turquoise irisé. Haut. : 0m23; Long. : 0m33; Prof. : 0m18.

FAIENCE PERSANE

143 — Cinq potiches blanc et bleu. Seront vendues séparément.

TAPIS ET ETOFFES D'ORIENT

144 — Deux tapis de soie.

145 à 155 — Dix tapis divers d'Asie-Mineure et de Perse. Ce lot sera divisé.

156 — Un lot de très belles étoffes. Ce lot sera divisé.

157 — Objets omis.

NOTA. — Les Tapis et Etoffes ne seront visibles qu'à l'exposition de l'Hôtel Drouot.

RED. :

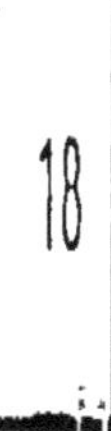

18

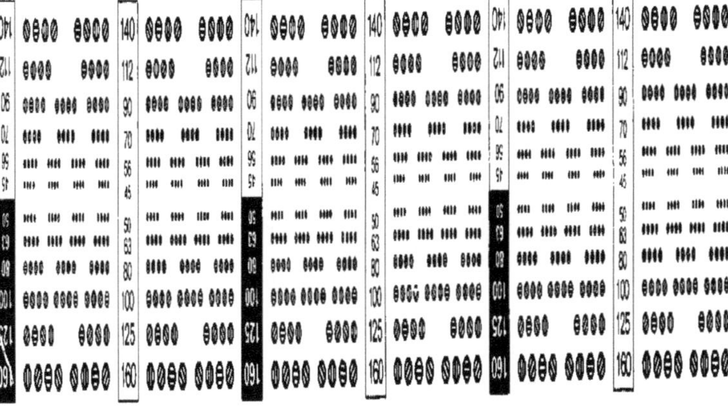

MIRE ISO N° 1
NF Z 43-007
AFNOR
Cedex 7 - 92080 PARIS-LA-DÉFENSE
379.89.70
graphicom

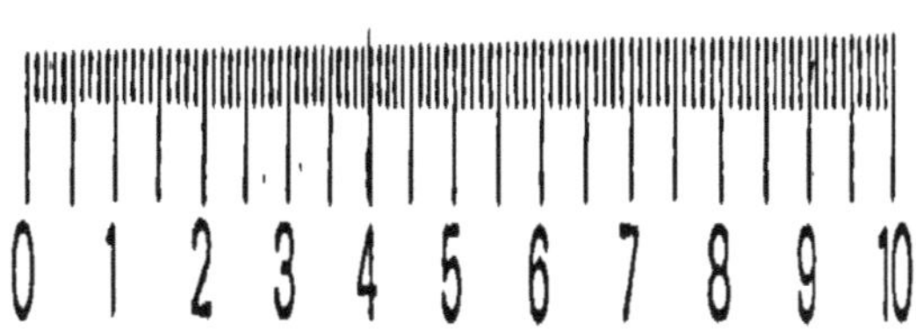

0 1 2 3 4 5 6 7 8 9 10

BIBLIOTHEQUE
NATIONALE
DE FRANCE
****
CHATEAU
DE
SABLE
1996